戸辺好郎川柳句集

# 猫のうた

Neko no Uta

新葉館出版

# 猫のうた

## 目次

# 猫のうた

第一章

# チリ鉱山の奇跡

地理音痴　地球の裏の国を知る
世界の目チリ落盤へ注がれる
生存のメモ届けられ湧く希望
それまでと以後リーダーに人を得た
立役者その人の名はウルサワさん

生来のリーダー資質役にたち
英雄のルイス・ウルサワ無二《むに》の人
視聴率救出劇はギネス級
生中継固唾《かたず》を呑んだ世界の目
チリコピア地下７００に神がいた

そのたびの歓喜の抱擁《ハグ》に大拍手
強い抱擁《ハグ》ハートの破裂ご用心
「救心」※をひとまず飲んでテレビ見る
※生薬強心薬で作者の愛用薬
「神はいた」カプセルの名は「不死鳥《エスプレサ》」
「エスプレサ」飛竜もどきのシャトル便

3人の11倍の文殊の知恵
地底から歓喜の地籟《じらい》※こだまする
「調子どう《コモエスタ》」「元気だ《ビエン》」ビエンと親指を立て
茶目っ気の土産の石で余裕見せ
二番目の土産の石にどっと沸き

※大地の穴から吹き出てくる響き

ほほえみが菩薩に見えた地涌の士《じゆうし》
人生の勝者となった地涌の士
全員の生還世界が救われた
世界史に残る不屈の勇士たち
団結と忍耐で得た大勝利

健康は意思の強さと医者が言い

決断と不屈の闘志学ぶべし

指導者《リーダー》と救援隊《レスキュー》 雄《ゆう》を得て実り

カプセルの扉が開いた「生きていた」

奇跡生む３３数字の神秘性

世界的スターを生んだ銅山《やま》の事故
団結と勇気にプラス和の教え
「愛」「希望」一途《いちず》に信じ生き抜いた
その道のベテラン揃え上手くいき
忿懣も鬱念も殺ぐ心の輪

家族愛チリ落盤で教えられ
チリ人の国民性が具現され
閉幕じゃない除幕だょ生還者
熱烈な抱擁《ヘビーハグ》燃える想いと切ない気持ち
和の絆愛の絆で得た名利

地上《うえ》と地下《した》連携プレー堂に入り
復活で夢追い人にヘンシンし
カプセルを出て最愛の人と逢う
カプセルが借金地獄へ貸し出され
成功の方程式は忍である

チリの奇禍《きか》「奇貨居くべし」※と福に変え
※得がたい機会だからのがさず利用すべきの意
視聴者の心震える歴史劇
二ケ月余大統領の浮かぬ顔
サングラス６６の目を守り
歴史的生還劇に酔いしれる

「不死鳥《フェニックス》」歓喜の歌で任務終え
ボリビアとチリ「雪解け」のおまけ付き
全員が大統領とチリ国歌
生還者予後と余生が気遣われ
安堵されご祝意示す両陛下

生命の尊厳を説く良いドラマ
リーダーがいて地底での平常心
久し振り人間謳歌聴く想い
天国と地獄教えたチリの事故
生還ができて悪魔と縁が切れ

呱呱の声心耳で聞いた地下のパパ
辛い過去封印をする生還者
救助終えすたこらさっさと蓋を閉め
絶望の地下にきらめく人がいた
落ち込みを励まし合った仲間の和

未来図は災害ゼロの資源国

「プチプチ」※がチリの地底へ届けられ

※ストレス解消用のポリ製品

チリワインまで売れ出した視聴率

仲間から友垣となる生還後

わが国の閉塞感にも穴を空け

危機管理技術にもある多様性
「神がいた」して、人生は美しい
忍耐の果てにダッシュで奇跡起き
颯爽とカプセルを出る武者震い
颯爽とカプセルを出る男振り

メモ届く直截簡明「元気です」

メモ届き随喜の涙滂沱《ぼうだ》かな

希有《けう》も希有《けう》ハッピーエンドの鉱山《やま》の事故

渾然とスクラム組めた地上《うえ》と地下《した》

夢枕夜ごと妻たち子らが立ち

後日談話せば長い苦闘談
後日談珍談奇談エトセトラ
地獄図が露《あらわ》になった後日談
温かった日本の目　して　世界の目
教訓を世界の鉱山《やま》が学ばされ

失敗は終わりでないと教えられ
空前のヒット映画が企画され
レアアース救出劇はレアケース
ケータイが届かぬことも教えられ
直線がリニアシャトルに向いている

日本のリニアも真似るチリシャトル
はちゃめちゃの混沌《カオス》もあった事故直後
天佑は腹を括れた指導者《ひと》がいた
指導者《ひと》を得て連帯《スクラム》組めた和の強み
生還へ星がまたたき陽がのぼる

サンホセとフェニックスが史に残り
生還後戦友会の名簿でき
※33《サンサン》と66《ロクロク》縁起の良い数字

※33＝生還者数、66＝シャトルの直径

※99《キュウキュウ》を白寿と祝う国もある

※99＝スペイン語圏では3の倍数はすべて吉数である

スペイン語聞けて楽しく幕が下り

# 第二章

# 猫のうた

泣き笑い我が人生は猫といた

自分史の索引に猫の名がずらり

アルバムの猫よ昭和も遠くなり

取り替えるおむつを猫が覗き込み

猫にのみ特等席の妻の膝

金策の悩みは知らぬ膝の猫

当てもなく猫が人待つ無人駅

首ったけ猫にぞっこん惚れて老い

切り札がやっぱり出せず猫を撫で

茶柱が立ったと猫を抱きしめる

ペイオフのことは忘れて猫といる

保育器の猫へ買い込む紙オムツ

おふくろの味では猫がそっぽ向き

公園のベンチ馴染みの猫がいる

雨宿り野良も一緒の他所の町

蝉時雨昼寝の猫の髭が揺れ

福相の猫が寝ているサスペンス

シャム猫を抱いて一人のカフェテラス

愛猫の不定愁訴へ侍医を呼び

道行きの猫は戻らず四月馬鹿

育児書を臨月の猫覗いてる

関節の無い猫となり伸びている

ゆたんぽの湿りに猫のひげも濡れ

また増えた切手図鑑と猫図鑑

欠伸する猫も写った初写真

待ち人は来らず猫へとばっちり

タイミング良く猫戻り猫を賞め

イチローが好きになったと猫も言い

猫にだけ話してあげた艶話

皿を割るついでに猫も居なくなる

煙草の輪　嗚呼《ああ》　身罷りし猫のこと
相続の中に高価な猫わんさ
公園のロダンの像に三毛が乗り
老人と猫が欠伸を移し合い
カタログの世界の猫を野良覗き

目鼻立ち宜しい方から猫が売れ
久し振りやはり貴女も猫を抱き
猫地蔵だれが上げたかドル紙幣
噴水を眺めて猫が去って行き
猫の手を借りたい時はとんずらし

神妙に捨て猫届く駐在所

失せ猫のことを祈った流れ星

故郷の母もやっぱり猫が好き

文化の日猫に火燵を所望され

古時計コーヒータイムは猫といる

またたびを舐めていっとき翔《と》んでいる

満腹の猫は他人の貌《かお》となり

七五三ここの宮司も猫を飼い

両隣り目配りしてる塀の猫

密談がすんだら部屋に不意に猫

乳母車停めて抱いてる猫を賞め
猫好きが猫の性善説を説き
川の字の真ん中に寝るペルシャ猫
週三日東京へ出るペルシャ猫
仏教の渡来は船に猫を乗せ

涅槃図に猫もいるかと見ればいる

瞞されてみたい女と猫がいる

おべっかも毒舌も聴く膝の猫

捨て猫にかかわりができ連れてくる

「昆虫記」読めば覗きに猫が来る

ダイアリー猫みまかった日で終わり
保育器で育てた猫へ情が湧き
シャム猫が運命線を舐めている
上げまんの猫の手相に乾杯し
長梅雨や我が家の猫も石となる

背伸びした猫の写真で賞がとれ

猫眠るとことん眠る覚めるまで

スキャナーへ猫は手を出し髭を出し

爪立てて窺う仔猫目で叱り

猫暦猫の写真で誤魔化され

良い便りいっとき猫は忘れられ

肩書きの取れた余生を猫と生き

猫の恋　宴のあとの仔猫かな

父母と猫が待ってる里帰り

同士愛はた親子愛ネコとヒト

遠慮する客の布団に猫が乗り

連綿と我が家を仕切るネコ家系

宇宙語で夢路の猫が寝言言い

世界地図猫の生国記入され

ペルシャ猫驕慢自尊の人と住み

鼎談の女のひとり猫を抱き

アルバムのあの猫この猫みな故猫

百人の村に何匹猫がいる

招き猫置きもろもろの猫グッズ

百日紅　子猫へ親は首を振り

白壁の宿へ子猫が貰われる
尾頭へ猫が愁訴を取り下げる
つまりそのどう転んでも猫は猫
未来へのパースペクティブを猫持てず
他の猫と比較を嫌うペルシャ猫

血統書有無で揉めてる分割書

猫社会　雌雄同権使い分け

謎だらけ仔猫の父は何処の猫

猫居場所　主《あるじ》居場所に差をつける

ペット愛　仔猫生まれて深くなり

「撮って貼る」猫アルバムも三冊目
不定愁訴　猫を飼ったら消えていき
想い出の中の海にも猫がいる
忘却の波に猫だけ流されず
十二支へ加入届を出しておき

十二支を落ちてペットの座を占める

昼休み野良に餌やる君が好き

招き猫おれが這入るとそっぽ向き

客分の猫　尾頭で持て成され

身は失せて尾頭のみの猫の膳

只管打坐《しかんたざ》　猫がすたこら通りすぎ

仏典と蚕守った猫族史

貰い手を捜す苦労も知らず産み

アメニティ抜群ですと猫が言い

ホームステイやがては野良《のら》に居座られ

やすらぎの時間の長いネコ時間
あくび羅漢そばに三毛猫昼寝決め
花粉症のマスクしている三毛に遭い
ヨーヨーへぱっちり猫の瞳《め》が開き
テールランプ猫と見送り立ちつくす

朝顔の紺に寄り添い猫といる

大噎《おおくさめ》もんどり打って猫が逃げ

焼き芋へ猫は一時《いっとき》邪魔にされ

退院に猫と獣医が握手する

埒《らち》もなく行った夜店に招き猫

ノッポビル見上げてネコは角曲がり
曳きずっている千歳飴ネコなぶり
海の町郵便局は猫を飼い
飯《めし》噴いて猫は畳に捨てられる
孑孑《ぼうふら》は猫を見上げてまた沈み

かくれんぼ来るなと言えば猫が来る

年波で活字は読まず猫といる

小春日の猫の欠伸が賞をとり

山鳩の声へひたすら猫眠り

膝の猫撫ぜ撫ぜではと切り出され

仔猫よちよち親猫の目の配り

昼寝猫標的にするゴムバンド

マイホームプランに猫の部屋もとり

被写体の猫は円らな瞳で応え

通訳をつけて猫聴く「猫の皿」

吾輩の猫は昼時だけ戻り

失恋し爾後は無口な猫となり

猫じゃらし刈られて猫の目に泪

ポスターに猫相を描く猫捜し

可と不可を猫に教えた栗の毬《いが》

爪研いで猫縄張りを宣言し
「ニャンニャン」と鳴きさえすれば餌が出る
野良だってトイレがすめば土を掛け
野良猫の素姓は隠し飼ってみる
十円を拾って猫に笑われる

円満な猫にストレスほぐされる

太公望　帰宅を猫と妻が待ち

一堂に会し和を説く招き猫

町興しダルマの産地《さと》の招き猫

さんま焼く隣へなびく三毛の髭

猫抱いた声降りてくる滑り台

ネコ党にイヌ党がいるクラス会

離れてはまた寄ってくる猫まどい

旅ごころ留守居の猫は忘れられ

長生きをしてねと言えば「ニャン」と言い

妻と狆《ちん》猫の館へお呼ばれし
セールスへ毅然と座るペルシャ猫
ペルシャ猫育児書覗く下心
ペルシャ猫シャム猫派いる貴族趣味
ミーミーとニャンとニャーゴと鳴き分ける

ペット飼う事ご法度の団地族
ごろごろと機嫌よろしゅう喉が鳴り
往診のネコの主治医はよい獣医
ウソじゃない猫の値《あたい》が金五両
久闊を叙すれば胸に同じ猫

合点をすれば猫までこっくりし

「いびき権」「おなら権」猫許されず

九生も輪廻転生してる猫

陸奥《みちのく》の五百羅漢に猫がいた

韋駄天《いだてん》にネズミ花火へ猫が逃げ

振り向かず猫出ていった猫またぎ

喉仏おろがんでいる膝の猫

腰痛の猫に貼りたいサロンパス

真鍮の猫のブローチ嫉妬され

猫の目へはたと鳴きやむ青蛙

ご主人と診察を待つ妊婦猫

ハネムーン終えてしゃーしゃー猫戻り

炎帝は猫好き猫にサングラス

サングラス猫にも掛けて海水着

少子化は勧めて無駄な猫と知り

着飾ってみてもやっぱり野良は野良

眉を引く猫もみかけたコンクール

ブルドッグ団子になって仔猫逃げ

バレンタイン気持ちですがと煮干あげ

サスペンス膝のシャム猫風邪心地

失恋の猫はとことんペシミズム

マイホーム猫はお部屋に犬は外

日にみたび陰膳あげた猫の恋

ゴムバンド猫の夢路へ闖入し

「捨て猫を救う町」まで捨てに行き

家族愛　野良の親子に教えられ

行水のホースにじゃれて弾かれる

富士山が見えても猫は知らんぷり

腰伸ばす猫へ買い物籠が着き

年金のかなりが猫に注ぎ込まれ

気まぐれな猫に初物奉る

猫買って義理猫情もちと分かり

孫たちの来る日で猫が塞ぎ込み

適齢の娘《こ》の猫好きをママ悩み

売れてきたタレント急に猫を買い

表札にネコの名前も三つ添え

「夜は夜星」「朝は朝星」猫知らず

猫じゃらし猫にも玩具不要論

案の定 銀座で降りたペルシャ猫

生きてればなどと故猫の三回忌

子離れの後のアルバム主役猫

通帳がため息をつく猫の餌

紛《まぎ》れなく遺伝子どおりの猫生まれ

呱呱の声ありゃ此の度は一ダース

英会話教室通うペルシャ猫

猫の威を借りても鼠たじろがず

猫好きへ七代猫の恩返し

猫の句も社頭に飾る生姜市

天の川　硯摺る子を猫覗く

のど笛を撫でればニャーゴニャーゴかな

午前四時　猫ぶらさげる万歩計

「うちのコが一番」　怖い思い込み

表札の二世帯　実は猫と人

猫飼って十字架の日もありしかな

ヒトはネコ　猫ヒト貌《がお》で昼寝かな

仲間より人に擦り寄る猫ごころ

早産の水子の猫も弔われ

臍《へそ》繰りのタンスから出す拾い猫

猫あくび一気に梅雨明け夏が来る

田植機の苦労は知らぬペルシャ猫

定石にないファッションにて猫と人

葱五本買い物籠に猫もいる

鼻濁音の甘え猫風邪引いたよう

海嘯《かいしょく》も花火も猫に別世界

葱坊主猫の館はどちらです

カウンターでまたたび酒出る猫館《ねこやかた》

姿見に納得いかぬ猫が拗ね

昼酒の後のいびきへ猫も和し

秋風や猫に過去なし現在《いま》もなし

海へ向き猫二匹いる晩夏光

セーターに仔猫《ねこ》包まれて貰われる

受胎して猫のものぐさ度が進み

長考の果ての吊橋猫が酔い

故郷の母もやっぱり猫が好き

散り散りに猫の仔が散る別離の日

猫の瞳が何かをキャッチ膝を捨て

猫の仔の貰い手つかず空が澄み

臍繰りの場所黒猫は知っていた

武蔵《※634》野のてっぺんにいたペルシャ猫

摩訶不思議ネコの功徳でコネができ

※東京スカイツリーの高さ

新世紀も平和祈願の猫地蔵

猫地蔵釣られて猫も伏し拝み

臨終の場所教えずに猫が逝き

人並みに告別式の猫となり

ご遺影にニャンとも言わず見下ろされ

喪の庭に寂しく揺れるねこじゃらし

烏瓜咲いて猫亡き日にも慣れ

盂蘭盆会ネコの御霊も迎えられ

温故知新教えてくれた猫地蔵

平癒《へいゆ》してお礼参りの鈴を上げ

猫地蔵尊なかなかの美髭かな
曼珠沙華此処にも在《おわ》す猫地蔵
八起きする何時もその時ネコがいた
数ページ猫自分史に登場し
世は愉しぞっこん愉し猫飼えば

# 第三章

# 春から夏へ

南下する地震北上するサクラ

コーヒーへ春雨はまだ降っている

われ思う故にわれ在りげんごろう

大根の花気に入った蝶二匹

春の譜へ女はタクト振りたがり

源五郎いない池面に春の月

孫悟空　真似《まね》て雲乗る春の夢

供花《くげ》の花サクラは咲いて散りしきる

借景を絶景にした五月鯉

五月鯉川を挟んで競い合い

鯉のぼり空が狭いと愚痴を吐き

風を得た鯉は天下を呑んで吐き

てっぺんの矢車騒ぎ鯉踊り

逞しく育てと泳ぐ鯉のぼり

五月鯉の一望千里が羨まれ

鯉のぼり月は東に人は地に

鯉のぼり筑波の山はあと何里

鯉のぼり刀禰《とね》の川風食べて生き

五月雨や今日は不貞寝の五月鯉

御神火の島にはためく鯉のぼり

鯉のぼり風が凪いだら腹が空き
一筋の川をはべらす鯉のぼり
雲を呑み天下まで呑む鯉のぼり
遠き世の景色羨む鯉のぼり
その上《かみ》は朋《とも》あまたいた鯉のぼり

「少子化」を死語にしたいと鯉のぼり

寝《い》ねたまう釈迦が見上げる五月鯉

かごめかごめかごめの里の鯉のぼり

吹き流し悪い噂は聞き流し

サーフィンの海見て鯉はもんどりし

初つばめ村上春樹へ列ができ

南国の噂土産に初つばめ

初つばめ初のつく季語三百三

初つばめ今日は句集が二冊売れ

初つばめ園遊会を覗きに来

花言葉歳時記背く品種でき

朝刊とノブの冷たい朝帰り

雛の眼の虚ろが哀れ流し雛

歳時記が売れなくなった温暖化

胃や腹の了解をとり花見酒

植樹祭ことしは何を植えようか

地獄絵の阿鼻叫喚や春の寺

境界の線引き知らず菫咲く

長靴と傘が寝ている梅雨晴れ間

声高に節電叫ぶ夏は来ぬ

復興へ沈黙の夏動きだす

地ビールを浜で飲ませる宣伝部

政変はとかく酷暑の最中《さなか》起き

節電へ扇子団扇が狩り出され

風鈴が鳴ると金魚が動き出し

神輿来てチンジャラジャラも空になり

見舞状涼しい記念切手貼り

酸漿《ほおずき》が日毎色づき盂蘭盆会

総身《そうみ》から気力が失せる夏の風邪

一ぴきの蚊を連れ込んで夫婦揉め

熱帯夜またぞろ通る救急車

しみじみと「メシうまかった」終戦日

百日紅《さるすべり》炎暑に百日耐えて咲く

争いは暑いと気づきビール注ぐ

逝く夏へ出番を虫がお待ち兼ね

惜しまれて糠味噌に入る茄子の色

蟹と柿さてばあちゃんの食い合わせ

合歓《ねむ》の花路地の屋台が灯を点す

夏の花逢魔が時に匂い立つ

暑気あたりゴルフボールが池に落ち

尺とりは小枝となって秋を待ち

朝もぎの茄子もやっぱり嫁のもの

しんみりと妻の寝言と虫の声

節電でちと家計簿の健全化

別れたい縁を切りたいこの残暑

節電を知らず昼顔浜に咲く
妖怪も幽霊も出ぬ熱帯夜
心までメルトダウンの熱帯夜
ネクタイを緩めてクールビズもどき
万歩計暑さに負けて月三度

雷一過　中締めとなる暑気払い

夏ツバメ伝言板を覗きに来

海の日の由来も知らず海水着

これしきと思えど西瓜の重さかな

シャワー全開　鬱には出てもらう

生ビール天へ飲み干す喉仏

午後三時以心伝心ビール出る

大ジョッキまずは壮語の一くさり

手土産の風鈴覗く糸とんぼ

タクシーが大回りする夏祭り

渋滞へ冷えたビールが汗をかき

月遅れ盆に帰省の列ができ

あめんぼう真似て乗りたし雲や水

踏まれても毅然と生きる車前草※

※オオバコ科の多年草。利尿、せき止めの薬用あり。

平成も大正昭和も夏痩せし

節電へ息の根とまる昼下がり
森林浴海水浴と二兎を追い
大賀ハス津々浦々の池に咲き
さまざまな足を投げ出す夏座敷
パソコンは短い夜が気に入らず

ビヤホール横目で睨む渋滞車

日記帳まず朝顔の花の数

朝顔へ話しかけてる立葵

帰去来　里帰りにも金が要り

初燕そっと覗いた塾の窓

でで虫は雨の子梅雨の日に生まれ
当たりくじ束の間の幸梅雨の夢
雨蛙絶やして黒い雨が降り
海開きポチとタマまで参列し
御中元遅れ遅れて暑の見舞い

帰巣性一回りした御中元

ヒルガオ科朝顔午前四時に咲く

蜩や諸行無常と鳴いている

炎帝に初めて出した直訴状

炎帝に三行半《みくだりはん》を突きつける

炎暑への怨嗟が満ちる日記帳

ビヤホール花火見上げる喉仏

やがて来る実りの秋へ夜の秋

早起きをほめられて買う茄子トマト

下宿の子来て冷蔵庫空にされ

枝豆とビールの夏を待ち焦がれ

田の月もおぼろに揺れて夏となり

夏風邪のマスクはみ出る無精ヒゲ

聞くだけで絶対零度涼しそう

大西日げに炎帝の奢りかな

# 第四章

# 秋から冬へ

宿題を仕上げて安堵すれば秋

秋うらら不快指数がゼロを指す

株安へ万のコスモス揺れている

今年また年初の誓いに秋が立ち

総入れ歯外して秋の風を吸い

井戸水を汲んだ文化がいとしまれ
文化の日知的財産貯めようか
柿ぜんぶ鳥にお供えして食わせ
皆食わせ木守柿から鳥守柿
気が付けば扇子忘れた秋立つ日

済し崩し暑気償却し秋が来る

名月を天心に懸け盆おどり

ジーパンの穴から秋の風が入り

名を聞いて忘れまた聞く忘れ草

流れ星以下同文の願い事

古都の池　夏から秋の水となり

絵手紙にコスモスが咲く見舞い状

バッタまで付けて朝顔届けられ

先導の犬も主人もばてている

百日紅　ポストにコトリ見舞い状

風の味　空気の味に秋が来る

漢字検定　読めますか獺祭忌《だっさいき》

木犀の咲く無人駅二人降り

ボキャ貧の秋に売れだす電子本

菊花展でんと構えて賞をとり

秋茄子は「ことわざ辞典」のみに載り
柿熟れて招待状が百舌《もず》に着き
生姜市ヤングの喋るスペイン語
秋の蝶神輿にふわり撥ねられる
どんぐりが落ちて地面に輪をつくり

紅椿《べにつばき》ぽとり落ちては首を撫で

二、三冊カタログが来て暮れとなり

古暦めくれば歳が翔んで行き

クリスマスケーキ予約で廉く買い

年賀状　冬将軍は出さずおく

除夜の鐘やおらストレス希釈され

モシモシが師走《しわす》の街を闊歩する

新季語にしたい師走の開戦日

一分も秒も珠玉や去年今年

木守柿百類《ひゃっか》をのこす愛鳥家

暁闇《ぎょうあん》に大吉と読む初みくじ

妻の座に馴れた師走の市場篭

去年今年《こぞことし》馬齢を繋ぐ太い綱

今年まだプラス思考で年迎え

借金とともにゴキブリ年を越し

年明けて何はともあれ平和かな

初暦まずは手形の決済日

※名刹の立春大吉札を貼り

※古切手「竜神招福」高値つき

落とし子が成人式の年男

※豊川稲荷

※一九六四年の年賀切手（五円）

訓読みの規制解除で国がこけ

一塵も留めぬ居間で屠蘇に酔い

初詣で何処にすべいか初揉めし

初富士を銭湯で見る二日酔い

年酒に屠蘇とワインにウイスキー

悪たれも手を合わせてる初詣

正座して御慶を受ける鏡餅

垂涎の白牛《うし》と出会えた初景色

初夢は富士にしておく筑波山

はんなりと御神籤結ぶ初詣

三が日厨の主の一万歩

案の定四日に日記白くなり

人日やまた遠ざかる昭和の世

印刷と切手ハガキで生む絆

社頭からＩＣカードで初電話

陰暦の元旦に来た年賀状

目をつぶり息をととのえ初みくじ

十円で謹賀新年初電話

くっきりと見える初富士バスが発ち

寒さにも酒にも飽いて春を待ち

湯気の立つ七草粥を夢で食べ

枯れ枝に辛夷《こぶし》咲かせた初春《はる》の雪

七草やキロを超えたる年賀状※

寒稽古する豆剣士豆ができ

お年玉　子は電卓で集計し

※1.350グラム

日付印廻し聞いてる除夜の鐘

笙の音が一際冴える初テレビ

新婚の雑煮に妻のお国ぶり

鼓膜打つ一声高き初笑い

目出度さを決め込み夫婦寝正月

# 第五章

# 時事川柳

越年をするベクレルとシーベルト

饒舌は要らぬ震災は現実だ

乾坤に開闢以来の地震《なえ》海嘯《つなみ》

町消える天地鳴動　津波来て

震災という吊り橋に乗り合わせ

陸続と来るボランティア頼もしや
震災で「もったいない」が蘇り
おきあがりこぶし拝んで奮起する
国民が絆選んだクライシス
事故起きて沈黙の春　炎の夏

震災に愛の絆の避難場所
涙腺を閉じて陸奥《みちのく》 立ち上がり
自衛隊かく闘えり涙でる
アメリカの「トモダチ作戦」 多謝深謝
みちのくに明かり点した両陛下

思い切り使って欲しい復旧予算
スーダンへ瓦礫残して自衛隊
守らねば愛別離苦がまた起きる
孤独死が仮設で増えた一年目
止めようがない仮設での酒浸り

高台の孤高へ医療ままならず
政策の遅れ復興焦りだす
セシウムを食べるセイタカ泡立草
セシウムを嘆く柳下のどじょうたち
セシウムと花粉に敗けず生きていく

原発も津波も同じ因果律
茶を沸かすおヘソ代替エネルギー
脱だ非だ卒だと議論争鳴し
人類に原発の荷は重すぎる
人類は悲しからずや原子論

後世の史家へ議事録残さない
議事録は作らず密約みな暴き
四面楚歌憂国論もそんなもの
がれき処理第二のダムか原発か
がれき処理算出至難見積り書

がれき処理監査よろしく頼みます
心でも震災がれき受け入れる
滅亡の瀬戸際打つ手ありますか
外交で国威発揚しませんか
絶滅の夜明けの前に弔鐘《かね》が鳴る

一年目絆強める一里塚

二年目も信頼の輪と絆の輪

語り継ぐ3・11海嘯忌

海嘯へ川柳で何ができるかな

辰年に「宇宙飛翔」のコンセプト

古稀日本右肩下がり肯《うべな》われ
調査捕鯨６０億を海に捨て
幽霊が年金貰う摩訶不思議
無税国家広告税で夢じゃない
控えめに「拉致」も出すべし喪明け待ち

沈黙は金なりされど拉致事件
軍拡の道ひた走る国に媚び
米中の狭間で自立求められ
拉致事件政府辟易埒も無し
真相はカミのみぞ知るラスベガス

世界一なでしこジャパン胸が空く
宇宙から古川さんのメッセージ
叩いてももう映らない地デジの日
異議無しとサクラ総会成立し
ジョブズ逝くリンゴの気持ちよく分かる

断捨離はコップ[※]の理念ぶちこわし

※COP：気候変動枠組条約国会議

アキバ系文化支えるネット族

断捨離と机辺整理で日もすがら

内臓を臓器移植はセリに掛け

電子本カミの事典が駆除される

温情が画像に背くウソを告げ
理不尽な社会うべない先ず努力
ＴＰＰ戦略的な思考要《い》る
凡愚でも三人寄れば竜知湧き
ブータンの国旗至福の龍を描き

被災地の冬本番が気遣われ

被災地に詫びてお忍びクリスマス

龍呼べば光速で来るネット龍

胃弱にて今日も竜胆苦く飲み

竜宮の暦が届く辰の年

まっとうな龍馬がほしい辰の歳

春寒し再びデフォルト懸念かな

波高し※浦安《うらやす》の国《くに》きしみだす

成功の方程式は京《けい》とある

政権に打ち出の小槌ない不幸

※波静かな平安の国。日本の美称。

流氷も小振りになった温暖化
変革へドンキホーテがいてもよい
テポドンは忘れた頃に降ってくる
千歳のチャンス国難生かさねば
ビジネスのチャンスにするな温暖化

平和とは理想主義者のおもちゃ箱
百年の努力「ヒッグス」キャッチされ
百年後根拠得る質量の源《もと》
濫消費紙《かみ》のシステム怒り出す
アイデアを生む「話食」して社が栄え

秋入試コスモスの種蒔いておく

県警は藁にもすがる気持ち断ち
※ストーカー事件における三県警のたらい回し。

「児童手当」昔の名前で出ています

放火犯よりすさまじきテロリスト

国籍が取れてキーン氏恵比寿顔

この国のことは語らずギリシャ危機
テレビから水戸黄門が追い出され
政局は騙し騙されまた騙す
教育の現場を泣かす漢字増
看護師に門戸を閉ざす日本国

看護師の試験「褥瘡《じょくそう》」読めますか

悪しき名は親から貰う負の遺産

薄氷の妥協見守る兜町

怨念で政治は動く何時の世も

リーダーの資質問われる質疑戦

取り分けて政界汚染群を抜き
鬼やらいTPPの豆を投げ
積善の国に余慶があると説き
ありがたし70年の戦間期※
安寧《あんねい》は偏《ひとえ》に安保《あんぽ》のお陰かな

※戦争のない期間。

第六章

# 一品で勝負

老いらくでなく熟年の恋と呼び
黙ってる方が無難な倦怠期
世の中がこれじゃいかんと酒を飲み
十年の恋の空白すぐ埋まり
仏壇を仰天させて雨が漏り

充電も漏電もするコップ酒

噴霧器に虹が生まれて虫が死に

百態のうち五態ほど今日は見せ

追伸が表に伸びたハガキ文

漬け方は企業秘密だ食べてくれ

納豆の糸で紡いだ嘘がばれ
配置薬病めば病むほど喜ばれ
洗濯機動いているねと昼寝覚め
定年じゃ知的財産貯めようか
あなたならどう思いますか蟻の列

竜巻は平にご容赦《ようしゃ》辰の歳

アマチュアとプロの狭間《はざま》で句が生まれ

傘の字は定員四人と書いてあり

梅雨三日乳牛柵《さく》へあごを乗せ

政局をでんでん虫も思案《しあん》する

蚊柱へ舌の痺れたヒキガエル

受付で靴とネクタイ査定され

眼鏡とは探すものにぞありにける

日が暮れて貸してくれない妻となり

楢山は心の地図に載っている

夫婦とは時間をかけた対位法
うらぶれた心を癒す耳掃除
驕慢の何万年をヒトは生き
現代を温故知新で照射する
善人が善人を褒め世は平和

政局のことは忘れて三尺寝

文明の進歩に欲しい一休み

ストレスを森羅万象溜めている

句が浮かぶそれ薬包紙箸ぶくろ

ニュース見る手に一錠の降下剤

駆け落ちの宿フルムーン湯に浸かり

さり気ない顔で数枚クジを買う

電源を喪ったのか俺の脳

閉塞の打開策練るコップ酒

紙が好きルーペ手に繰る紙の辞書

A型の妻に庭草駆逐され
はんなりと「かしこ」と書いて妬いている
摩訶不思議トイレに入ると客が来る
渋滞をキロで告げてる朝ラジオ
躓いた七つの石に感謝する

聞き耳へ行っちゃったねえと救急車

世界史を読んで日本の現代史

嘘の字が書けぬ子のウソすぐばれる

貧困へ襤褸《らんる》の旗で立ち向かう

自分史の考証もする日記詠

三食をきっちり食べてダイエット

男性も募集しますと東慶寺

カンニング山が当たった夢が覚め

変貌を重ねウイルス生き残り

針供養　母から聞いたことがある

言い訳を考えているタバコの輪

もう少しいたい客間へお茶が出る

門限を過ぎて困った初デート

本気では犬も吠えない千鳥足

古写真深い眠りに浸って居

三人に増えて姦し日向ぼこ

竹の子を大黒様が掘るお寺

半世紀経てば鼻の差天地の差

朝ドラにゆっくりと剥くゆで卵

連休のツケ埋めている給付金

アリバイをすらすらと吐き疑われ

年金か無職か迷う記入欄

ジョギングの土手を春着の犬走る

食欲のお陰で今日の退院日

追っかけの母娘に孫も参加する

三日月と金木犀は睦まじい

冥途とは冥王星ほど遠いとこ

八つ当たりした日当たった宝くじ

生き延びる知恵を総理に教えられ

新辞令メタボ対策本部長

男女のみ中性がないアンケート
わだつみで鯨が跳ねる水の音
五階から五階見ているビルの窓
曼珠沙華　また血が騒ぐ無縁仏
よく眠る人ばかり来る理髪店

自分史となると颯爽とは書けず

ポケットの中の拳に自重説き

年金で結構いける二毛作

ネギ坊主無神論者に刻まれる

蜜柑剥くリズム今宵は満月か

百年の計の巨木の桐を伐り

一筆啓上　馬酔木《あせび》は馬に食わせるな

勇気りんりん過ぎて奔馬がけつまずき

鈍行の駅を降りたら馬車が待ち

聖書読む　荒野の章に馬がいる

人情家だっていますョ馬の骨

アルバムを開き昭和の声を聞く

一品で勝負　人生と村興し

胃カメラを美味しく呑んだ楽天家

胃カメラの結果はグウで飴を舐め

騒がしい下界を覗くかぐや姫

ガガ惚れた634《ムサシ》ツリーが峨峨《がが》と立ち

ツリー・タワーどちらが男《なん》で女《にょ》体かな

舌好調おしゃべりママに寡黙《かもく》パパ

割烹着夫《つま》は何度か皿を割り

怖いもの筆頭に先ずヒト科ヒト

義理で出す以下同文に拍手湧き

負けました鏡を見ない日が続く

因果律セカンドライフの幸不幸

楽しかった 昭和の記憶だってある

がんばろう一日一首一日一句

自分史を三人称で書いてみる

八十路来て来し方思う昼下がり

認知症含め屈指の長寿国

あの世行き順序で揉める老夫婦

●跋——

# 戸辺さんと共に在る猫さんに乾杯！

井上こみち
（作家）

私は動物の関わる物語を書くのが好きで、中でも犬の話は数えきれないほど書いています。が、実は物心ついた頃より猫好きです。

ごく最近、珍しく猫が登場する小説を書き終えました。仕方なく拾ってしまった猫によって、主人公の人生がどんどんよい方向へと拓かれていく〝招き猫〟物語です。

そんな折り拝読したのが、戸辺好郎さんの『猫のうた』でした。

「泣き笑い我が人生は猫といた」「首ったけ猫にぞっこん惚れて老い」には即共感。戸辺さんの川柳人生が、猫さんたちに支えられている様が窺えます。戸辺さんの川柳に素直に頷けるのも、自身の近くにいる猫との出会いや別れと重ね合うからなのです。戸辺さんは元来の感性からか、優しい眼差しで猫を観ているうちに、猫を丸ごと我がものにしてしまったようです。

さて、つい口元が緩んでしまうのは、「久し振りやはり貴女も猫を抱き」「瞞されてみたい女と猫がいる」です。ほのかな艶っぽさに、読者は戸辺さんてどんな男性？　と想像力を働かせることでしょう。

また、気になるのが時々顔を出す妖しい〝ペルシャ猫〟です。「週三日東京へ出るペルシャ猫」「案の定銀座で降りたペルシャ猫」「田植機の苦労は知らぬペルシャ猫」「武蔵野（634・スカイツリー）のてっぺんにいたペルシャ猫」など。ほぼ想像はつくのですが、ペルシャ猫の正体を確かめたいものです。

生誕や出会いの喜びがあれば必ず訪れるのが死別の哀しみです。「喪の庭に寂しく揺れるねこじゃらし」。遊び相手をするべくしてそこにいるネコジャラシ。なのに張本人である猫はもういない。ひっそりと風に揺れているしかないネコジャラシの哀しみが胸に迫ります。

「十二支を落ちてペットの座を占める」。それで十分。「つまりそのどう転んでも猫は猫」。それで十分。だから猫は愛しい存在なのです。これからもお互い猫を愛し続けていきましょう。日常の喜怒哀楽を表現する至極の愉しみを得ている人生の達人戸辺さん。川柳道を全うしてください。

平成二十四年六月吉日

【著者略歴】

**戸辺好郎**（とべ・よしろう）

昭和５年、埼玉県生まれ。慶應義塾大学・筑波大学卒業。前田雀郎・松沢敏行に師事。柳号は「げんごろう」「戸辺げんごろう」。

昭和32年秋より34年１月まで日本経済新聞夕刊（前田雀郎選「日経柳壇」）に川柳を投稿、100句ほど入選。以来50年間、川柳職人として活躍。『東京新聞』『千葉日報』『日本英詩協会会報』、詩誌『青焔』、川柳誌『川柳さっぽろ』『川柳明日香』等々にも作品を発表する。この間、「よみうり文化センター」「芝大神宮川柳教室（東京都港区）」講師を務め、また『野田タイムズ』『のだジャーナル』の川柳欄選者を担当。作品発表と選者を務め今日にいたる。

なお直近の著書に『げんごろうの海ほたる』（葉文館出版）、英和対訳川柳句集『遠蛙 Distant Frogs』（北星堂書店）、『川柳と書の握手』（創英社／三省堂）。掲載誌には文芸家クラブ『文芸随筆』、古川哲史主宰『白壁』、『社団法人 松戸法人会会報』などがある。

**猫のうた**

○

平成24年 8月7日　初版発行

著　者

**戸　辺　好　郎**

発行人

**松　岡　恭　子**

発行所

**新　葉　館　出　版**

大阪市東成区玉津1丁目9-16 4F　〒537-0023

TEL06-4259-3777　FAX06-4259-3888

http://shinyokan.ne.jp/

印刷所

BAKU WORKS

○

定価はカバーに表示してあります。



ISBN978-4-86044-465-5